花间物语

美月冷霜 著

第二辑

中国财富出版社有限公司

图书在版编目（CIP）数据

花间物语 . 第二辑 / 美月冷霜著 . —北京：中国财富出版社有限公司，2022.7
ISBN 978-7-5047-7716-4

Ⅰ.①花… Ⅱ.①美… Ⅲ.①诗集—中国—当代 Ⅳ.① I227

中国版本图书馆 CIP 数据核字（2022）第 106550 号

策划编辑	朱亚宁	责任编辑	孙 勃	版权编辑	李 洋
责任印制	尚立业	责任校对	张营营	责任发行	杨恩磊

出版发行	中国财富出版社有限公司		
社　　址	北京市丰台区南四环西路 188 号 5 区 20 楼	邮政编码	100070
电　　话	010-52227588 转 2098（发行部）	010-52227588 转 321（总编室）	
	010-52227566（24 小时读者服务）	010-52227588 转 305（质检部）	
网　　址	http://www.cfpress.com.cn	排　版	董海召
经　　销	新华书店	印　刷	番茄云印刷（沧州）有限公司
书　　号	ISBN 978-7-5047-7716-4/I · 0344		
开　　本	710mm×1000mm　1/16	版　次	2022 年 7 月第 1 版
印　　张	39	印　次	2022 年 7 月第 1 次印刷
字　　数	507 千字	定　价	98.00 元（全 5 册）

版权所有 · 侵权必究 · 印装差错 · 负责调换

诗人的话

我在花间等你来，让我们一起倾听大自然。
我在花间等你来，说着只有我们自己明白的语言。
我在花间等你来，品味我们灵魂深处最美的浪漫。
诗和远方，且行且伴。时光云轩，阳光灿烂。
让我们拥有花间物语，明媚人生每一天……

稀世珍品遇见时
变成翘楚风信子
未曾忽略花气质
时光云轩长相依

扑面而来风流欢
蓝花楹开灼人眼
枝头绰约遥相看
紫韵天成挂上边

盈月清凉夏笼沙

美若惊鸿回天涯

不教太阳比海大

唯恐点燃蓝雪花

望尘莫及无暇愁
情丝缠绕从不休
蓝钟花开众芳后
热力直袭天尽头

序言

当世界文明以科学形式出现的时候，文化就成为人类生活方式的总和，并以科技、史学、艺术等形态，展现出自身的品质。文明包括精神文明和物质文明，花卉文化作为精神文明的重要组成部分，正日益受到中国乃至世界各国的高度重视。中国是世界上拥有花卉品种较为丰富的国家，栽培花卉植物的历史悠久，是当今世界上较重要的花卉植物发源地之一。

中国人的生活和花卉植物密不可分，以此形成的文化现象和文化体系，被中国先哲称为中国花文化。中国花文化集语言艺术、文学艺术、美学艺术、表现艺术于一身，已经成为中华文明史上，璀璨夺目的一朵奇葩。孔夫子说："文质彬彬，然后君子。"无论是谁，活得像花，才能活出生活里的"诗"和"远方"。这一点，对于小朋友而言，同样适用。哪个孩子的成长过程中不读书？哪个孩子不爱美的事物？美好的明天应该从读诗开始。

从西周的《诗经》和西汉的《楚辞》中，我们可以看出中国人对花鸟鱼虫的感悟。从此，大自然的生灵有了故事，有了寄托，有了对未来的憧憬。鸟语花香成为这个世界上美好的存在。正是花卉、树木、鸟、兽、鱼、虫持续创造并不断改变着地球上的自然生态环境。利用大自然，保护大自然，维护生物多样性，始终是中国人的生活态度。

本书首次尝试将自然物种和人类文化，结合成一个整体，以微写作和全押韵为基础，创作出行云流水、琅琅上口的小诗，借以表达自然界的天然文化意象，力求用通俗、流畅的语言，渲染、融合、诠释人类与大自然的共有魅力。

谨以此书献给全世界所有热爱中国花文化的人。

目录 contents

H

红花玉蕊	/ 2
红蕉	/ 3
红球姜	/ 4
红尾铁苋	/ 5
胡枝子	/ 6
葫芦	/ 7
蝴蝶兰	/ 8
虎眼万年青	/ 9
花菱草	/ 10
花毛茛	/ 11
花烛	/ 12
华凤仙	/ 13
黄菖蒲	/ 14
黄栌	/ 15
黄山梅	/ 16
黄水仙	/ 17
火鹤花	/ 18

火炬花 / 19
火炬姜 / 20
火烧花 / 21
火焰树 / 22
藿香 / 23
藿香叶绿绒蒿 / 24

J
鸡蛋花 / 25
鸡冠花 / 26
鸡树条 / 27
吉贝 / 28
吉祥草 / 29
蕺菜 / 30
夹竹桃 / 31
嘉兰 / 32
荚蒾 / 33
假连翘 / 34
假龙头花 / 35

剪秋罗 / 36
箭叶秋葵 / 37
江梅 / 38
姜荷花 / 39
姜花 / 40
接骨木 / 41
结香 / 42
金苞花 / 43
金凤花 / 44
金兰 / 45
金露梅 / 46
金钮扣 / 47
金丝桃 / 48
金樱子 / 49
金盏花 / 50
金钟花 / 51
锦带花 / 52
锦鸡儿 / 53

锦葵 / 54
九里香 / 55
韭莲 / 56
桔梗 / 57
菊花 / 58
绢毛山梅花 / 59
决明 / 60
君子兰 / 61

K
康乃馨 / 62
孔雀草 / 63
款冬 / 64

L
蜡瓣花 / 65
蜡梅 / 66
蜡菊 / 67
兰香草 / 68
蓝刺头 / 69

蓝花楹 / 70
蓝星花 / 71
蓝雪花 / 72
蓝烟小星辰花 / 73
蓝钟花 / 74
梨花 / 75
李花 / 76
丽格秋海棠 / 77
连翘 / 78
莲 / 79
铃兰 / 80
凌霄 / 81
琉璃苣 / 82
柳兰 / 83
柳叶菜 / 84
六倍利 / 85
六出花 / 86
六月雪 / 87

3

M

龙船花	/ 88
龙胆	/ 89
龙面花	/ 90
龙吐珠	/ 91
龙牙草	/ 92
龙牙花	/ 93
耧斗菜	/ 94
绿萝	/ 95
马蔺	/ 96
马蹄莲	/ 97
马缨丹	/ 98
蔓马缨丹	/ 99
毛地黄	/ 100
毛叶木瓜	/ 101
玫瑰	/ 102
玫瑰茄	/ 103
梅花	/ 104

七言话百花

红花玉蕊

月下美人扶摇还，盛装出席星河间。
红花玉蕊无遗憾，轻柔过尽软香田。

　　红花玉蕊，别名：水茄苳、穗花棋盘脚树。玉蕊科，玉蕊属，常绿小乔木或中等大乔木。主要分布于非洲、亚洲和大洋洲的热带及亚热带地区。花期几乎全年。花细长如丝，为保存自身水分，多选择在夜晚开放。香味四溢，吸引无数夜行小飞蛾前往授粉。绽放过后，清晨地面上一片壮丽灿烂，如同红锦铺地般眩目。物语：美若轻烟，太阳眷恋。

红蕉

细雨斜飞打红蕉,静心倾听最美好。
秋风急于公主抱,惹得火云照天烧。

红蕉,别名:红花蕉、观赏芭蕉、红香蕉、指天蕉、红姬芭蕉、芭蕉红、美人蕉。芭蕉科,芭蕉属,多年生草本。产于中国云南东南部,广西、广东有栽培,越南亦有分布。株型高大美观,叶子阔大油绿,极具热带风情。花苞火红如炬,适合作绿化植物。大多种植于园林、街道、小区路边。果实、花、嫩心及根头有毒。物语:极端魅力,捍卫自己。

红球姜

风送千里花布景,秋色竞相上云层。
红球姜花暗庆幸,不比自己也能赢。

红球姜,别名:球姜、山南姜、风姜。姜科,姜属,多年生宿根草本。产于中国广东、广西、云南等地。花期7—9月,果期10月。根茎块状,内部淡黄色。叶片绿色,长而阔大,如同芭蕉叶。苞片初时呈淡绿色,后转成红色,之后才开白色小花。其鲜艳夺目的红松果,为观赏焦点。根茎可入药,嫩茎叶可作蔬菜。物语:万紫千红,蔚然成风。

红尾铁苋

丝丝缕缕浓浓情,满满当当时时逢。
领悟先从意念动,花间成就猫尾红。

红尾铁苋,别名:穗穗红、红绢苋、红毛苋、猫尾红、红运铁苋。大戟科,铁苋菜属,常绿灌木。原产于新几内亚、中美洲、西印度群岛,现世界各地广泛栽培。植株茁壮,枝条翠绿半蔓性,软而柔韧。花朵具绒毛,鲜红色,形似猫尾,色泽鲜艳,可爱趣致。适合花坛美化、吊盆栽培,地被种植时还能匍匐。物语:问遍岁月,随缘最火。

胡枝子

桑田种出月圆满,胡枝子花开今天。
豆蔻美成紫珠串,总将药用挂心间。

  胡枝子,别名:荻、二色胡枝子、胡枝条、扫皮、随军茶。豆科,胡枝子属,直立灌木。产于中国黑龙江、河北等省区。花期7—9月,果期9—10月。生命力强,枝繁叶茂,根系发达,可以有效地保持水土。花朵豆蔻状,淡紫色或者紫红色,小而美艳。全草入药,有清肝明目等功效。种子榨油可供食用,叶可代茶。物语:开花之际,怎忍采食。

葫芦

夏藤架上开高雅，绽放洁白葫芦花。
宜人宝果正长大，天地都是自己家。

葫芦，别名：瓠、瓠瓜、大葫芦、小葫芦，日本称葫芦花为夕颜。葫芦科，葫芦属，一年生攀缘草本。中国各地及世界热带、温带地区广泛栽培。花期夏季，果期秋季。花朵如白纱般隽永素雅，晨开夜谢。早期，农家普遍搭有葫芦架，用于纳凉。花和嫩果实可以食用。果实成熟后木质化，可作为雕刻艺术品材料，也可药用。物语：曼妙短暂，醉了流年。

蝴蝶兰

幻中之幻花无言,春底生春美若仙。
今夜群芳美成片,不抵亮眼蝴蝶兰。

　　蝴蝶兰,别名:蝶兰、台湾蝴蝶兰。兰科,蝴蝶兰属,多年生草本。产于中国台湾(恒春半岛、兰屿、台东),菲律宾有分布。花期4—6月。生于低海拔的热带和亚热带丛林的树干上。花朵犹如翩翩飞舞的蝴蝶,色彩斑斓,令人目不暇接。花朵数量多,赏花期长,既可作盆栽观赏,又可净化室内空气。常用作切花、胸花、新娘捧花的原材料。物语:大方美观,花颜可炫。

虎眼万年青

山水一程又一程，风云何处不相逢。
可知虎眼万年青，挣脱束缚携谁行？

　　虎眼万年青，别名：海葱、鸟乳花、玻璃球、海蓝球、玉壶芦。百合科，虎眼万年青属，多年生球根草本。原产于非洲南部。花期7—8月，室内栽培冬季也可开花。每生长一枚叶片，鳞茎包皮上就会长出几个小子球，形似虎眼，故而得名虎眼万年青。花白色，中央有绿脊。植株美观，观花、观叶均很养眼。具有药用价值。物语：值得拥有，万事不愁。

花菱草

绰约闲云风流少,花菱草被月缠绕。
只因开成咏春调,搅得天地不肯老。

　　花菱草,别名:加州罂粟、金英花、人参花。罂粟科,花菱草属,多年生草本。原产于北美西部,中国庭园有栽培。美国加利福尼亚州的州花。较耐寒,夏季处于半休眠状态。植株茎叶嫩绿带灰色,花瓣呈扇形,桔黄色或黄色,鲜艳夺目,可观花、观叶、观果。全草入药,果实提炼物为镇痛、镇静之良药。有一定毒性。物语:快活神苑,生存简单。

花毛茛

春天西风上高楼,吹得花开枝上头。
眉尖心底都美透,还怕蜂儿不上钩。

花毛茛,别名:芹菜花、波斯毛茛、陆莲花。毛茛科,毛茛属,多年生草本。原产于以土耳其为中心的亚洲西南部和欧洲东南部(地中海沿岸)。花期4—5月。花色丰富,花形秀美,花瓣层层叠叠,丰满秀丽,具有牡丹的风韵。赏花期30-40天,是盆栽观赏,布置花坛、花境的理想花卉,也是鲜切花市场的重要花卉。物语:花容妩媚,舍我其谁。

花烛

花的灵魂风点燃,却与烛泪不相干。
若将生命摆前面,红掌之上可行船。

　　花烛,别名:红掌、红苞花烛、安祖花、红烛、红鹅掌、火鹤花。天南星科,花烛属,多年生常绿草本。原产于墨西哥、哥伦比亚、哥斯达黎加等热带雨林区。盛花期可长达4-6个月,热带地区可全年开花。植株丛生,叶子翠绿美观,花形独特,佛焰苞色泽鲜艳,火红热烈,肉穗花序黄色,似灯芯。有一定毒性,不可食用。物语:任性招展,与火无缘。

华凤仙

手脚难当千斤顶，留些自由给物种。
人间若保好环境，华凤仙花最知情。

　　华凤仙，别名：水边指甲花、水凤仙、耳钩花、象鼻花。凤仙花科，凤仙花属，一年生草本。产于中国江西、福建、安徽、广东、云南等省区。花形独特，叶对生，花较大，花瓣紫红色或白色。极易成活。蒴果成熟时，稍遇外力，种子便可弹出，散落于周围，第二年便可长出新的植株。全草可入药，有清热解毒等功效。物语：花开拂尘，天生勤奋。

黄菖蒲

五月晴空天湛蓝,红色蜻蜓立苇尖。
黄菖蒲似金雨燕,飞入青翠花田间。

黄菖蒲,别名:黄鸢尾、水生鸢尾、黄花鸢尾、菖蒲鸢尾、黄花菖蒲。鸢尾科,鸢尾属,多年生草本。原产于欧洲,中国各地均有栽培。花期5月,果期6—8月。为水生、陆地两栖花卉,植株高大秀美,叶宽剑形,花茎粗壮,花药黑紫色,花瓣柠檬黄色。花姿特别,如燕子起飞,随风起舞。可以观叶、观花。物语:美无同类,水中富贵。

黄栌

时光沧桑花容颜,流年又有真誓言。
黄栌婉约秋之恋,美了整个观叶天。

  黄栌,别名:红叶黄栌、红叶、黄道栌、黄溜子、黄龙头、黄栌材。漆树科,黄栌属,落叶灌木或乔木,高可达8米。分布于中国西南、华北和浙江,南欧至叙利亚等地也有。黄栌的叶子到秋季会变成红色,色彩热烈如火,鲜艳夺目。黄栌花开后,似云如雾,又形成另一种风景。枝、叶可入药。物语:树中之宝,叶比花好。

黄山梅

黄山梅开一寸春，顿时迷倒心上人。
又因独占古风韵，从此成为花新闻。

　　黄山梅，别名：少女花、铃钟三七。虎耳草科，黄山梅属，多年生草本，高0.8~1.2米。花期3—4月，果期5—8月。产于中国安徽和浙江，日本、朝鲜亦产。为国家二级保护植物，稀有物种。茎直立，叶子翠绿色，花瓣黄色，形状不等，种子黄色。除具观赏价值外，还具有药用性，以及物种持续性研究等科研价值。物语：生命秘密，握在手里。

黄水仙

风流潇洒两千年，逍遥自在异域前。
心灵交流无界限，根植大地就盎然。

　　黄水仙，别名：喇叭水仙、洋水仙。石蒜科，水仙属，多年生草本。原产于欧洲西部，中国引种栽培。花期春季。喜温暖、湿润、光照充足的环境。叶宽线形，直立向上，花茎顶生单花，外花冠喇叭形，花瓣淡黄色，副花冠多变。花朵形似酒盏，花姿绰约，清香雅致，秀丽出尘，极具观赏价值。可盆栽，也可制成鲜切花后观赏。物语：妆扮寒天，任重道远。

火鹤花

优雅恰似一杯茶,风来盛满红云霞。
无所适从不用怕,总有一天会当家。

　　火鹤花,别名:火鹤芋、红鹤芋、席氏花烛、安祖花。天南星科,花烛属,多年生常绿草本。原产于南美洲哥斯达黎加和危地马拉的热带雨林。花期2—7月。佛焰苞红色,先端急尖,肉质花蕊呈螺旋状。为观叶、观花植物,叶子浓绿,花色艳丽,颇具热带风情。有吸附粉尘,净化空气的作用。汁液含有一定毒性。物语:众生普渡,再无疾苦。

火炬花

huǒ jù huā

天生披挂胭脂红，追赶绿浪花成空。
火炬驻足心意定，欲将春风化光明。

　　火炬花，别名：红火棒、火把莲。百合科，火把莲属，多年生草本，株高0.8~1.2米。原产于南非，中国广泛种植。花期6—10月，果期9月。茎挺拔，花序大，数百朵筒状小花，自下而上开放，十分壮观。因花冠橘红色，形状犹如燃烧的火把，形成一种红红火火的热烈景象，故而得名。象征着热情似火、追求光明。物语：生机盎然，流连忘返。

火炬姜

天意弄人调皮多，长伴红颜有几何。
岁月悠悠须臾过，瓷玫瑰开秋时节。

火炬姜，别名：瓷玫瑰、菲律宾蜡花。姜科，茴香砂仁属，多年生大型草本，原产地株高可达10米以上。原产于非洲及亚洲热带地区，中国南方地区引种栽培。盛花期5—10月。植株强壮，叶子宽阔浓绿，类似美人蕉的叶子。花朵硕大美丽，风姿绰约，神态飞扬，十分漂亮。初开之花形似火炬，焕发勃勃生机。物语：风流美事，天知地知。

火烧花

<small>huǒ shāo huā</small>

<small>rén shēng zǒng yào yǒu chōng jǐng， bù xiè nǔ lì bì chéng gōng</small>
人生总要有憧憬，不懈努力必成功。
<small>líng bō wú yǔ nán jìn xìng， hū huàn chūn sòng yī piàn qíng</small>
凌波无雨难尽兴，呼唤春送一片情。

  火烧花，别名：缅木、火花树、炮仗花。紫葳科，火烧花属，常绿乔木，高达10米以上。原产于中国广东、广西、云南南部等地，越南、老挝、缅甸及印度有分布。花期2—5月，果期5—9月。花先于叶出现，开放时枝头上缀满一簇簇橙黄色花朵，花形奇特，颜色漂亮、热烈。花可作蔬食，树皮、根皮、茎皮可入药。物语：早春再生，花开尽兴。

火焰树

行道树上绿意远，火焰花开欲烧天。
吩咐风雨来相见，落条银河也喜欢。

　　火焰树，别名：喷泉树、火烧花、火焰木。紫葳科，火焰树属，乔木，高达10米。原产于非洲，广泛栽培于印度、斯里兰卡，中国广东、福建等地有栽培。花期4—5月。火焰树的花朵如同一个小布袋，把花蕊全部包在里面，花朵上半部分呈深橘红色，下半部分呈黄色，像极了正在燃烧的火焰，花朵边缘包有一层金线。物语：天地给予，无忧无虑。

藿香

名声何必太计较,此起彼伏天最高。
藿香迎风低声叫,我的付出不会少。

　　藿香,别名:合香、土藿香、排香草、大叶薄荷、兜娄婆香、苍告、山茴香、水麻叶。唇形科,藿香属,多年生草本。中国各地广泛分布,常见栽培,俄罗斯、朝鲜、日本及北美洲有分布。花期6—9月,果期9—11月。花淡紫蓝色,细小、芳香,簇生开放。叶及茎富含挥发性芳香油,有浓郁香味,果可作香料。全草入药。物语:芳草神态,细看不赖。

藿香叶绿绒蒿

蓝蓝蓝蓝一线牵，美美美得迷人眼。
海景山景连成片，秀姿于飞到天边。

藿香叶绿绒蒿。罂粟科，绿绒蒿属，一年生或多年生草本。产于中国云南西北部、西藏东南部，生于海拔3000~4000米的林下或草坡。花果期6—11月。花梗直立，花瓣天蓝色或紫色，具明显的纵条纹，花柱棒状，柱头淡绿色。为野生高山花卉，傲然绽放于寒山雪域苦寒之地。植株鲜绿，青翠欲滴，美如翡翠，形似琼脂。物语：顾盼生辉，无酒而醉。

鸡蛋花

风韵立于枝头上,心动不已是月光。
娴静源于花模样,无痕更比有痕香。

  鸡蛋花,别名:缅栀子、鸭脚木、大季花、蛋黄花、三色鸡蛋花。夹竹桃科,鸡蛋花属,落叶小乔木。原产于墨西哥,中国广东、广西、云南、福建等地广泛栽培。近年,已经成为深圳市行道树的主要树种。树形美观,叶色浓绿,花白色黄芯,芳香,树干弯曲自然,其状甚美。花朵晒干泡茶饮,有治湿热、润肺等功效。物语:雅中极品,直击芳心。

鸡冠花

白云飞上燕子楼,鸡冠花红天尽头。
碧海抛出胭脂扣,惹得晚秋也风流。

  鸡冠花,别名:鸡髻花、老来红、白鸡冠花、海冠花、大鸡公花。苋科,青葙属,一年生草本。中国南北各地均有栽培,广布于温暖地区。花果期7—9月。鸡冠花的花朵扁平,呈鸡冠状,因其红如火焰,形似鸡冠,故而得名。花色丰富,绚丽多姿,极受欢迎。花和种子供药用,有止血、凉血等功效。物语:秋风萧瑟,我独热烈。

鸡树条

雪月如梦夜倒戈，飞天又逢豪杰多。
六月水懒风吹裂，浪头拧成芳香索。

　　鸡树条，别名：天目琼花、老鸹眼、鸡树条荚蒾。忍冬科，荚蒾属，落叶灌木。产于中国黑龙江、吉林、山西、山东等地。花期5—6月，果熟期9—10月。开花时，洁白如雪的白色花朵环绕成一个花环，点缀于郁郁葱葱的枝叶之间。果实圆润如珠，晶莹剔透，如红宝石般挂满枝头，令人炫目。枝、叶、果均可入药。物语：优良品种，物尽其用。

吉 贝

天风吹来吉贝花,朝来晚去看繁华。
若在黄昏常牵挂,摘个夕阳带回家。

　　吉贝,别名:美洲木棉、爪哇木棉、南美木棉。锦葵科,吉贝属,落叶大乔木,高达30米。原产于美洲热带地区,现广泛引种于亚洲、非洲热带地区,中国云南、广西、广东等地有栽培。花期3—4月。枝叶美观大方,带刺,花先叶或与叶同时开放。花朵簇生于叶腋间,低调而不失优雅。是优质的工业材料,树脂和树根供药用。物语:豪情开春,壮志入云。

吉祥草

睁眼不要秋来早，闭目只待云烟消。
眉间一点胭脂俏，谁不识我吉祥草。

　　吉祥草，别名：竹根七、蛇尾七、松寿兰、小叶万年青。百合科，吉祥草属，多年生常绿草本。分布于中国西南、华中、华南等地，生于阴湿山坡、山谷或密林下。花果期7—11月。株型优美、叶子如剑，优雅翠绿，穗状花序，花芳香，呈粉红色，裂片开花时反卷，浆果球形，鲜红色。全草入药，有润肺、止咳等功效。物语：真情付出，吉祥有余。

蕺菜

水生星光漫岭南，碧波安如青石板。
热力入海欲裂岸，山竹借风冲上天。

蕺菜，别名：鱼腥草、侧耳根、九节莲、折耳根。三白草科，蕺菜属，多年生草本。产于中国西南部、东南至中部各省区。花期4—8月，果期6—10月。叶薄纸质，背面常呈紫红色。穗状花序生于茎上端，白色，与叶对生。野生乡土植被植物，有腥臭味，传统中草药之一。幼嫩茎可作蔬菜，全草入药，有清热、解毒等功效。物语：走过千年，此心不变。

夹竹桃

发现快乐有何难，用爱拍摄心头欢。
且看晴空亮灿烂，夹竹桃开沉香天。

　　夹竹桃，别名：欧洲夹竹桃、红花夹竹桃。夹竹桃科，夹竹桃属，常绿小乔木或灌木状。原产于伊朗、印度及尼泊尔，现广植于热带及亚热带地区，中国各地有栽培。花期春夏秋，果期冬春。花大艳丽，花冠粉红至深红或白色，叶片如柳似竹，具淡淡芳香。有净化空气之功效。植株具剧毒，可入药。物语：云坠花缘，美至天边。

嘉兰

开春何须红尘急，浴火凤凰拔地起。
纵使借得飞天翼，凌厉只在花容里。

  嘉兰，别名：嘉兰百合、何发来、雅果牙、舒筋散、乱令。百合科，嘉兰属，攀缘植物。产于中国云南南部的西双版纳，分布于亚洲热带地区和非洲。生于海拔950~1250米的林下或灌丛中。花期7—8月。花瓣向后反卷，边缘皱波状，上半部分亮红色，下半部分黄色。盛开时，犹如一簇簇跳动的火苗，热烈而奢华。根状茎有剧毒。物语：曼妙短暂，醉了容颜。

荚蒾

飞雪凝结思乡云，裁出四月一片春。
华盖遮荫且不论，荚蒾开花也醉人。

荚蒾，别名：酸汤杆、苦柴子、乌酸木。忍冬科，荚蒾属，落叶灌木，高1.5~3米。产于中国河北南部、江苏、安徽、福建等地。花期5—6月，果熟期9—11月。树冠球形，开花时小白花布满枝头，有甜香味。盛开时，花朵洁白如雪，花团锦簇。枝头果子圆润鲜红，如珠似玉。果可食，亦可酿酒。根、枝、叶可入药。物语：倾情付出，义无反顾。

假连翘

红颜易老无所求,绿叶相伴到白头。
今夜牵手开步走,是片土地就风流。

假连翘,别名:番仔刺、篱笆树、洋刺、花墙刺、金露花。马鞭草科,假连翘属,常绿灌木,最高达3米。原产于美洲热带地区,中国南部常见栽培,常逸为野生。花果期5—10月,南方可为全年。植株丛生,枝繁叶茂,蓝紫色花朵如同蝴蝶在枝头纷纷起舞。果实熟时呈红黄色,成束悬挂于枝头。根和叶均可入药,有止痛之效。物语:有枝有蔓,著而不染。

假龙头花

夏来春去秋起航,风雨畅快知收场。
随意草花正开放,一朵更比一朵香。

　　假龙头花,别名:随意草、芝麻花、假龙头、囊萼花、棉铃花、虎尾花、一品香。唇形科,假龙头花属,多年生宿根草本,株高0.6~1.2米。原产于北美洲,中国各地常见栽培。花期7—9月。生性强健,耐寒、耐旱。成株丛生直立,叶形整齐,穗状花序顶生,花粉红色或淡紫红色。盛开的花穗迎风摇曳,婀娜多姿。物语:如约而至,寻常日子。

剪秋罗

居无定所又如何,云来无事剪秋罗。
地球村中常出没,就算银河也去得。

　　剪秋罗,别名:大花剪秋罗。石竹科,剪秋罗属,多年生草本,高0.5~0.8米。产于中国黑龙江、吉林、辽宁、河北、山西、内蒙古等地。花期6—7月,果期8—9月。茎直立,叶子翠绿微黄,花瓣深红色,全身覆盖一层细密绒毛。花朵初开时淡白色,逐渐变成鲜红色,娇艳美丽,极为灿烂夺目。全草入药。物语:明月有心,圆满风韵。

箭叶秋葵

风月匆匆留花红，五指山参谈兴浓。
好个老曲换新声，有形投注无形中。

箭叶秋葵，别名：铜皮、五指山参、小红芙蓉、岩酸、榨桐花。锦葵科，秋葵属，多年生草本，高0.4~1米。产于中国广东、广西、贵州、云南等地，澳大利亚、越南、老挝等国也有分布，生林下湿润地。花期5—9月。叶形变化丰富，花单生于叶腋，花梗纤细，花萼佛焰苞状，花瓣长圆形，红色或黄色，花大而美丽。根形似人参，可入药。物语：随风而静，幸福终生。

江梅

江梅开放冬至前，随便开花心不甘。
绚丽之余归平淡，只留风韵予人间。

　　江梅，别名：野梅、五福花。蔷薇科，李属，小乔木。中国各地均有栽培。花期1—2月。为所有梅花之始。对梅花的利用主要是从果梅开始，野生梅子曾作为贡品或者宫廷之食品，为此引入园内栽培。梅是所有树种中最长寿的乔木。盛开时枝头芳香淡雅，如雪似玉，清新可人。江梅型梅花一般是一花一果。物语：千年花神，历久弥新。

姜荷花

微妙失重地承载，冷弦寒月明星来。
春红夏绿若不在，姜荷花自苞片开。

　　姜荷花，别名：黄姜花、洋荷花、热带郁金香、暹罗郁金香。姜科，姜黄属，多年生球根草本。原产于泰国，中国南方引种栽培。花期6—11月。叶片挺阔翠绿，中脉为紫红色。上半部粉红色的苞片形似荷花，且为姜科植物，故得名姜荷花。穗状花序，真正的小花着生在下半部绿色的半圆形苞片中。为优良的观花植物。物语：走进花季，爱惜自己。

姜花

中秋夜长白昼短,赏月且分高平远。
品香总有浓和淡,恨与姜花相见晚。

  姜花,别名:蝴蝶花、白草果、夜寒苏、香雪花、洋姜、穗花山奈。姜科,姜属,多年生草本。产于中国四川、云南、广东、广西等地。花期8—12月。叶片长而翠绿,叶面光滑,花冠白色,香气清新。开花时,似一群美丽的白蝴蝶,翩翩起舞。广东各地时见栽培,夏季有切花销售。不仅可供观赏,亦可为香料。根茎和果实可入药。物语:情有独钟,与爱同行。

接骨木

随波逐流水生花，移形换影住新家。
四月雪片纷纷下，西风无意去管它。

接骨木，别名：九节风、续骨草、木蒴藋、公道老、大接骨丹。忍冬科，接骨木属，落叶灌木或小乔木，高5~6米。产于中国黑龙江、山东、河南、广东等地。花期4—5月，果熟期7—9月。枝条张扬，初夏时开洁白色簇生小花，花蕊长于花瓣，芳香四溢。入秋后果实挂满枝头，火红火红的，也有极少果实呈黑紫色。全株入药。物语：雪花碧海，夏天最爱。

结香

几度欲近明月光，总有枝头立斜阳。
细雨无意起风浪，只因结香情丝长。

结香，别名：打结花、岩泽兰、蒙花、黄瑞香、雪花皮、山棉皮、三桠皮。瑞香科，结香属，落叶灌木。产于中国河南、陕西及长江流域以南各地。花期冬末春初，果期春夏间。树冠球形，枝叶优雅美观，叶在花前凋落，满枝簇生黄色小花，芳香四溢。中国特有名优花卉，可观花、观叶或观枝。全株可入药。物语：飞天比翼，落地连理。

金苞花

山山水水大汇演，红红绿绿出天然。
金苞花开风喜欢，阳光灿烂到面前。

　　金苞花，别名：棒糖花、黄虾花、黄鸭咀花、金苞爵床。爵床科，金苞花属，常绿灌木，高可达1米。原产于墨西哥和秘鲁，中国南方地区多有栽培。在亚热带可以全年开花。顶生穗状，花冠黄色，苞片层层叠叠，从中生出洁白的长花瓣。苞片可保持2-3个月。整个花序形如金黄色的虾，尤为别致，颇具观赏价值。物语：日光潋滟，明月相伴。

金凤花

树不忘根会感恩,日夜撑伞至古今。
悦目风景天动问,金凤花儿可贴心?

  金凤花,别名:洋金凤、蛱蝶花、黄蝴蝶。豆科,云实属,大灌木或小乔木。中国云南、广西、广东等地有栽培。花果期几乎全年。枝叶羽状,翠绿色,非常好看。花瓣橙红色或黄色,圆形,花丝红色,远伸出于花瓣外,宛如一只只火凤凰在枝头展翅欲飞,神采生动,活灵活现。种子可榨油及药用,根、茎、果均可入药。物语:缥缈迷离,摇曳多姿。

金兰

白云深处无青霭,闻香方知有风来。
金兰花田说境界,天高地厚须胸怀。

  金兰,别名:镰叶头蕊兰、黄花银兰。兰科,头蕊兰属,地生草本。产于中国江苏、安徽、湖南等地,日本和朝鲜有分布。花期4—5月,果期8—9月。植株小巧玲珑,茎叶碧绿如翠,开放时,散漫出浅浅黄色,幽幽芳香,极具理想之美。尽管金兰花色彩清淡,却因姿态美妙,轻盈飘逸,而备受瞩目。全草入药,有较高的药用价值。物语:寓意美好,金兰之交。

金露梅

花之娇柔无处寻,弄叶误了赏美人。
药食两用风定论,金露梅雨落缤纷。

　　金露梅,别名:金腊梅、金老梅、药王茶、棍儿茶。蔷薇科,委陵菜属,灌木,高可达2米。产于中国黑龙江、吉林东南部等地。花果期6—9月。生命力旺盛,耐寒冷、耐干旱。植株丛生,羽状复叶,开淡黄色小花,极具野趣。全株各有各的用处,嫩叶可代茶饮,叶和花可入药,有健脾、化湿、清暑等功效。物语:叶茂花繁,夏日奉献。

金钮扣

秋夜送来风消息,桂圆菊花开放急。
月亮本无相思意,无奈牵挂九万里。

金钮扣,别名:桂圆菊、红细水草、天文草、过海龙、散血草。菊科,金钮扣属,一年生草本。产于中国云南、广东、广西等地。花果期4—11月。植株直立,多分枝,叶子绿色,花朵奇特呈桂圆形状,色泽有黄色、红色、红褐色。叶子有辛辣味,可以食用。全草供药用,有解毒、消炎等功效。有小毒,不宜养于室内。物语:白日月圆,亦真亦幻。

金丝桃

长江如练分两边,南北冰火不同天。
谁说红颜最易变,金丝桃花美成团。

金丝桃,别名:金线蝴蝶、狗胡花、过路黄、金丝海棠、金丝莲。藤黄科,金丝桃属,灌木,高0.5~1.3米。产于中国河北、陕西、山东等地。花期5—8月,果期8—9月。植株丛状,茎红色,叶片翠绿色,花瓣金黄色至柠檬黄色,束状纤细的雄蕊灿若金丝。根、茎、叶、花、果均可药用,有抗抑郁、抗菌消炎、抗病毒等功效。物语:贡献惊人,价比黄金。

金樱子

阳光喷薄地平时，沸腾家乡金樱子。
白云不解其中意，只知未来结果实。

　　金樱子，别名：刺梨子、金罂子、山石榴、山鸡头子、和尚头、唐樱笉。蔷薇科，蔷薇属，常绿攀缘灌木。产于中国陕西、安徽、广东等地。花期4—6月，果期7—11月。喜生长于海拔200~1600米的向阳山野、田边、溪畔灌木丛中。叶子翠绿色，花朵洁白如雪，花蕊淡黄色。果实带刺，可鲜食，亦可熬糖及酿酒。根、叶、果均可入药。物语：逸生珍品，深得人心。

金盏花

情如高山心似海,不计花谢与花开。
金盏胸怀在天外,甘愿奉献最精彩。

　　金盏花,别名:金盏菊、盏盏菊、长春花、长生菊、金仙花、月月红。菊科,金盏花属,一年生草本。原产于欧洲,中国各地广泛栽培,供观赏。花期4—9月,果期6—10月。植株翠绿色,茎叶覆盖有薄绒毛,花如金黄色杯盏,绽放时灿烂夺目,花如其名。富含多种维生素,可代茶饮。全草均可药用。物语:风月长情,共存同生。

金钟花

纤尘不染自由心,情怀只渡有缘人。
金钟花开送春信,明月净土皆芳邻。

　　金钟花,别名:黄金条、连翘、迎春柳、金铃花、金梅花、土连翘、迎春条。木犀科,连翘属,落叶灌木,高达3米。产于中国江苏、安徽、浙江等地。花期3—4月,果期8—11月。早春三月,花先于叶开放,枝条从下往上缀满大簇的鎏金花朵,金光灿烂,非常壮观。除观赏之外,根、叶、果壳均可药用。物语:花若尽兴,便是风景。

锦带花

六月拈尽百花香,锦带盛开蜂蝶忙。
天生喜欢合围状,故而结伴追太阳。

  锦带花,别名:五色海棠、山脂麻、锦带、海仙。忍冬科,锦带花属,落叶灌木,高1~3米。产于中国黑龙江、吉林、辽宁、内蒙古等地。花期4—6月。枝叶茂密,叶子翠绿色,簇生花朵细长喇叭形。花姿简洁而不失娇艳,根据开放次序而变化成粉红色、绯红色、大红色。适于湖畔群植或点缀于园林庭院。物语:白云起处,花红叶绿。

锦鸡儿

光阴易逝须纵情,心地富有更清醒。
端看金雀花露重,便知风月大不同。

锦鸡儿,别名:娘娘袜、黄雀花、金雀花、酱瓣子、土黄豆、飞来凤。豆科,锦鸡儿属,灌木,高1~2米。产于中国河北、陕西、江苏、四川等地。花期4—5月,果期7月。花冠黄色,微带红晕,非常漂亮。植株形状美观大方,枝条苍劲奇特,质感无与伦比,为盆景之宝,极具观赏价值,多引种栽培于园林庭院。根、花可入药。物语:积聚力量,蓬勃向上。

锦葵

绝色倾城向来多,千古高雅有几何。
锦葵情痴欲穿越,又恐失了花风格。

　　锦葵,别名:荆葵、钱葵、小钱花、小白淑气花、棋盘花、金钱紫花葵。锦葵科,锦葵属,二年生或多年生直立草本。中国南北方城市常见栽培,偶有逸生。花期5—10月。中国栽培锦葵的历史悠久。生性强健,植株丛生直立,高低错落有致,叶子浓绿张扬。开淡紫色或白色花朵,奢华美丽。白色花常入药,叶、茎亦可入药。物语:紫气东来,富贵花开。

九里香
jiǔ lǐ xiāng

春来春去春又生,九里香花犹未醒。
春天急送春风令,快快飞扬春心情。

九里香,别名:中华九里香、石桂树、五里香、七里香、千里香。芸香科,九里香属,小乔木。产于中国台湾、福建、广东、海南、广西五省南部。花期4—8月,果期9—12月。叶子油绿,开洁白色簇生小花,浓郁香气顺风而下,使人九里之外可闻其香,故得名九里香。花、叶、果含精油,可提炼芳香油。叶可作香料,枝叶可入药。物语:月光流泻,香从天落。

韭莲

盛夏滋味浓如酒，韭莲向来无春愁。
粉喧只因风成就，雨来浓染观光楼。

　　韭莲，别名：风雨花、红花葱兰、肝风草、韭菜兰、韭菜莲。石蒜科，葱莲属，多年生草本。原产于南美洲，中国引种栽培。花期夏秋。株丛低矮，常年翠绿色，花单生于花茎顶端，花瓣玫红色或粉红色。多用于观赏，成片种植，繁花似锦，十分壮观。以干燥全草及鳞茎入药，有散热解毒，活血凉血等功效。物语：花海如春，恰如其分。

桔梗

秋雨无根闯进来,桔梗花钟顺势开。
蓝紫之美谁不爱,留在天边待入怀。

桔梗,别名:包袱花、铃铛花、六角荷、梗草、僧帽花。桔梗科,桔梗属,多年生草本,高0.2~1.2米。产于东北、华北、华东、华中各省区以及广东、贵州等地。花期7—9月。桔梗花花冠大,呈蓝色或紫色,状如僧帽,故得名僧帽花。植株优雅大气,花朵美丽无比,优雅清新。根可入药,药食同源。物语:爱之合约,永恒之作。

菊花

秋景光临十月天，高风亮节惜夜短。
傲霜韶华已过半，菊花之美从未减。

　　菊花，别名：寿客、金英、黄华、秋菊、陶菊、小白菊、小汤黄、滁菊。菊科，菊属，多年生宿根草本。原产于中国，栽培历史已经超过三千年，有千余个品种。花期9—11月。植株强健、直立，叶子碧绿色，盛开时芳香宜人，绚丽多姿，美轮美奂。历经风霜，具有顽强的生命力，有花中隐士之封号。药食同源。物语：花中上品，独具神韵。

绢毛山梅花

五月心弦轻轻弹,绢毛山梅花狂欢。
今天入驻芳香苑,天荒地老到永远。

　　绢毛山梅花,别名:建德山梅花、毛萼山梅花、土常山、探花。虎耳草科,山梅花属,二年或多年生灌木,高1~3米。分布于中国陕西、甘肃、浙江、广西等地。花期5—6月,果期8—9月。生长于海拔350~3000米的林下或灌丛中。株型漂亮,叶片翠绿,花冠盘状,花朵洁白如玉,清香四溢。根皮可入药,有活血、止痛等功效。物语:追求平淡,精彩出线。

决 明

晨光驾云随风还，广角镜头花满天。
视野开阔时光慢，单等决明来团圆。

决明，别名：草决明、假花生、假绿豆。豆科，决明属，一年生亚灌木状草本。原产于美洲热带地区，现全世界热带、亚热带地区广泛分布，中国长江以南各地区普遍栽培。花果期8—11月。植株健壮，花瓣黄色，常两朵聚生，花药四方形，非常漂亮。苗叶和嫩果可食。种子名为决明子，有清肝明目等功效。物语：季节更换，静美无言。

君子兰

美压群芳君子兰,常以并蒂亮人眼。
不老时光也惊艳,此花怎与我比肩。

　　君子兰,别名:大花君子兰、剑叶石蒜、大君子兰。石蒜科,君子兰属,多年生草本。原产于非洲南部,中国栽培时间长。为寒冷地区室内观赏花卉。植株挺拔、俊秀,叶片长而雅致,色泽如翡翠。簇生花朵大而艳丽,橙红色或者橙黄色,奢华中尽显内涵之美。寿命可达几十年或更长。除具有观赏价值外,还有药用价值,全株入药。物语:炫中求静,君子之风。

康乃馨

大爱无须等距离,牵挂沉入骨子里。
康乃馨花也如是,总把春夏当知己。

　　康乃馨,别名:麝香石竹、香石竹、狮头石竹、大花石竹。石竹科,石竹属,多年生草本。原产于南欧、地中海北岸、法国到希腊一带,世界各地广泛栽培。植株丛生,叶禾草状,花朵精美秀丽,娇艳可人,颜色丰富,芳香清幽。作为母亲的象征,已经成为人们在母亲节献给母亲的主要花卉。花可入药,具有清热解毒等功效。物语:反哺之作,赋予圣洁。

孔雀草

夏天活力超蓬勃，蜜语再甜也不多。
夜空挂出上弦月，孔雀草里飞情歌。

　　孔雀草，别名：小万寿菊、红黄草、西番菊、臭菊花、缎子花。菊科，万寿菊属，一年生草本。原产于墨西哥，中国各地庭院常有栽培。花期7—9月。植株丛生，叶片葱绿秀气。花金黄色或者橙色，带有红色斑，色泽鲜艳，极为抢眼。花朵日出开放，日落收拢，因此也叫太阳花。全草入药，具有很高的药用价值。物语：兴高采烈，开心活泼。

款冬

宇宙特征是安静,外星文明不发声。
天边流星若有梦,款冬花开应风景。

　　款冬,别名:冬花、款冬花、九尽花、虎须、岗嘎冲花。菊科,款冬属,多年生草本。产于中国北部,以陕西榆林和甘肃灵台的干品质量最优。多地药圃广泛栽培。根茎横生,先叶开花,花茎有护甲鳞片,花冠舌状,黄色,娇艳如同菊花。为早春蜜源植物。花蕾及叶可入药,有润肺、止咳等功效。物语:浅吟低唱,丰富想象。

蜡瓣花

风云悠闲天长情,大地复苏万物生。
蜡瓣花开恰春风,金缕榜上挂个名。

蜡瓣花,别名:连核梅、小蜡瓣花。金缕梅科,蜡瓣花属,落叶灌木。产于中国湖北、安徽、浙江、福建等地。蜡瓣花属全球约有30种,中国主产20种,分布于长江流域和西南至东南部。在早春之际,花先于叶开放,枝头上悬挂着一串串黄色花穗,光泽如蜜蜡,芳香四溢,清新怡人。花枝可作瓶插材料,根皮可入药。物语:想得铺张,美得荡漾。

蜡梅

冬雪威力有几何，蜡梅花开见风格。
寻常日子寻常过，美好时光不堪折。

蜡梅，别名：蜡木、素心蜡梅、黄金茶、馨口蜡梅。蜡梅科，蜡梅属，落叶灌木，高达4米。野生于中国山东、江苏、安徽、云南等地。花期11月至翌年3月，果期4—11月。因花朵于腊月的冰天雪地中绽放，故而得名。枝干苍劲，花朵凝黄，晶莹剔透，风姿绰约，浓香袭人，为寒冷地区的理想观赏花卉。根、叶可药用。物语：真香清绝，傲视霜雪。

蜡菊

擦肩时刻偶尔有,川流不息从未休。
营造夺目花气候,蜡菊盛开多风流。

蜡菊,别名:麦秆菊、脆菊、麦藁菊。菊科,蜡菊属,一年或二年生草本。原产于澳大利亚,现各国广泛栽培,供观赏用。植株丛生,头状花序单生于枝端,色泽绚丽,花瓣层层叠叠,美得令人目不暇接。晴天开放,夜间和雨天闭合。花干燥后,花形、花色经久不变,依然栩栩如生,如蜡制成,故得名蜡菊。物语:张开望眼,绚丽满天。

兰香草

风折雨摧花尚好,相思托付兰香草。
宇宙洪荒附耳道,你若牵挂我不老。

　　兰香草,别名:蓝花草、宝塔花、石上香、婆绒花、独脚球、山薄荷、八宝塔。马鞭草科,莸属,亚灌木。产于中国河南、江苏、安徽、浙江、福建等地。花果期6—10月。根系发达,生命力旺盛,经常丛生于荒野或者石缝之中。6月份,粉紫色或浅蓝色细小花朵抱茎而生,形成分节花簇,优雅美丽。全株入药。物语:确认眼神,永结同心。

蓝刺头

日照风流天飞霞,蓝刺头开复状花。
七分风骨三分雅,生来不与富贵家。

　　蓝刺头,别名:刺球。菊科,蓝刺头属,多年生草本。分布于中国新疆天山地区,中亚、高加索、俄罗斯西伯利亚地区、欧洲中部及南部有分布。花果期8—9月。生于山坡林缘或渠边,适应力强,耐寒,可粗放管理。复状花序单生于茎枝顶端,先端针芒状,小花淡蓝色。为优质蜜源和绿色饲料植物。物语:盛开家园,无须遗憾。

蓝花楹

明月皎皎思下凡,云雾悠悠上九天。
美人与花相并看,彻悟只在刹那间。

蓝花楹,别名:蓝楹、含羞草叶楹、蓝雾树。紫葳科,蓝花楹属,落叶乔木,高达15米。原产于南美洲巴西、玻利维亚、阿根廷,中国南方多地引种栽培。花期5—6月。叶对生,羽状复叶。花冠筒细长,蓝色微微沁白,边缘变薄泛卷,为优质观赏树种。被列入《世界自然保护联盟濒危物种红色名录》(IUCN)。物语:天解倒悬,蓝紫浪漫。

蓝星花

晚霞收回夕阳情,白云牵出天边风。
蓝星花开夜持重,引来一片关爱声。

蓝星花,别名:星形花、雨伞花、美洲花。旋花科,土丁桂属,多年生半蔓性常绿草本。原产于北美洲,中国华南南部、华东南部及西南南部均有分布。四季开花,盛花期春夏。簇生花朵细小美丽,蓝色或者蓝紫色,花心黄色。枝繁叶茂,小花犹如点点繁星,缀于植株之间,极为别致。上午开花,下午谢落,却又层出不穷,美不胜收。物语:珍惜友情,品行端正。

蓝雪花

海天一色扑面来，蓝雪花为初恋开。
牵手开启人间爱，风云相遇夏剪裁。

　　蓝雪花，别名：蓝花丹、角柱花、山灰柴、假靛。白花丹科，蓝雪花属，多年生直立草本。中国特产，主要分布于河南境内、北沿太行山至北京等地。花期7—9月，果期8—10月。生于浅山山麓和平地上。植株丛生，叶子翠绿色，粉蓝色簇生小花开于枝头顶端。盛夏绽放，花团锦簇，姿态优雅，观之心旷神怡，顿生清凉之感。物语：凉意佳作，花姿婉约。

蓝烟小星辰花

无风无云鸟不啼，月亮高挂爱之始。
静好岁月品诗意，满天星辰花如你。

　　蓝烟小星辰花，别名：文竹霞草、小石苁蓉、小补血草、小星辰花。蓝雪花科，卡斯比亚属，一年生草本。主要分布于欧洲地区。中国各地花市常可以见到此花。四季绽放，叶碧绿色，蓝紫色细小花朵簇生，有天鹅绒的质感，优雅飘逸。干后不凋谢，不变形，不变色。因其独特的魅力和色彩被赋予神秘喜悦的寓意。物语：流星如雨，花香千树。

蓝钟花

等闲识得天无穷,低头方闻万物声。
细雨不惊离人梦,唯恐思念到天明。

蓝钟花,别名:秘鲁绵枣儿、地金球。天门冬科,蓝瑰花属,多年生球根草本。原产于地中海区域,中国引进栽培观赏。花期4—6月。块根肥大,冬化后栽培容易,花葶粗壮,开筒状小花。多而密集,蓝紫色,在花茎顶端组成一个蓝紫色悬垂花球。喜冷凉、耐寒,喜欢在阳光下或半阴处生长。物语:深海之恋,抱香成团。

梨 花

寒山新绿枝头雪，满天月光添芳泽。
最是梨花好颜色，洁白不少也不多。

　　梨花，别名：梨之花、雪梨花。蔷薇科，梨属，落叶乔木。原产于中国，全世界约有25种，分布于亚洲和欧洲至北非，中国有原生种14种，栽培历史长达两千多年。花期3—4月，果期6—7月。中国赵县的万顷梨园，一眼望不到尽头。一树树一簇簇洁白如玉的梨花，微风吹过，如雪片纷飞，遮云蔽日，极为壮观。花和果实为食用佳品。物语：思绪纷飞，梨花明媚。

李花

由远及近枝头开，疑似飞雪动地来。
绽放不曾越花界，皆因天公有安排。

　　李花，别名：玉梅、嘉庆子、玉皇李、红白美人。蔷薇科，李属，落叶小乔木。分布于中国多个地区，至今已经有三千多年栽培历史，品种繁多。花期3—4月，果期7—8月。盛开时，枝头花团锦簇，又因桃花和李花同时开放，故有桃李满天下之说。新鲜李花可食，有美容养颜之功效。果实可清热、生津。物语：素颜美人，无意争春。

丽格秋海棠

群芳海棠有四品,西府垂丝贴梗春。
枝头木瓜低声问,阳台碧玉美几分?

　　丽格秋海棠,别名:秋花棠、相思草、断肠草、海花、八月、秋海棠。秋海棠科,秋海棠属,多年生草本。是野生索科海棠和球根秋海棠杂交的园艺品种,中国各地广泛栽培。花期秋至冬。喜温暖、湿润、通风良好的栽培环境。现有单瓣裂叶红花,复瓣红花,复瓣粉红花和黄花等多个品种。花大色艳,枝叶翠绿,花团簇拥。物语:友爱之花,绽放荣华。

连翘

金粉之都近黄昏,枝头挂满朝阳痕。
春若失意莫困顿,天下有谁独善身。

连翘,别名:黄花杆、连壳、青翘、黄缓丹、黄寿丹。木犀科,连翘属,灌木。产于中国河北、河南、山西、陕西等地。花期3—4月,果期7—9月。早春时花先于叶开放,满枝金黄色,金光闪闪,灿烂夺目,非常美丽,有淡淡香味。连翘籽既可提炼优质食用油,又是一种天然食品防腐剂。果实可入药,有清热解毒等功效。物语:金花冉冉,前程灿烂。

莲

连天池里待新荷,望穿双眼人众多。
万千激情待挥霍,只等花开好时节。

　　莲,别名:荷花、莲花、芙蕖、菡萏、芙蓉。睡莲科,莲属,多年生水生草本。产于中国南北各省。花期6—8月,果期8—10月。中国早在三千多年前已经开始栽培荷花,如今荷花开遍大江南北,荷塘月色处处可见。山东济南大明湖就有"四面荷花三面柳,一城山色半城湖"的景色。根状茎长而肥厚,称为藕,可作蔬菜或提制淀粉。物语:翠波红韵,白玉销魂。

铃兰

细若柔丝雨正欢，满天芳香无遮掩。
如雪铃兰心头乱，含羞垂首到人前。

铃兰，别名：草玉玲、君影草、欧铃兰、鹿铃、草寸香、铃铛花。百合科，铃铛花属，多年生草本。产于中国黑龙江、内蒙古、宁夏、甘肃等地。花期5—6月，果期7—9月。植株娇小玲珑，花朵洁白，粉雕玉琢，悬挂于绿茎之上，形似风铃，幽香若兰，入秋后结暗红色浆果，娇艳诱人。带花全草可入药。全株有毒。物语：雪之雅致，成就绚丽。

凌霄

风流打开花作坊,凌霄塞进夏相框。
裁片绿叶挡月亮,剪朵红云遮太阳。

凌霄,别名:紫葳、苕华、五爪龙、上树龙、九龙下海、接骨丹。紫葳科,凌霄属,攀缘藤本。分布于中国长江流域以及河北、河南等地。花期5—8月。花萼钟状,花冠内面鲜红色,外面橙黄色,花瓣反卷,美艳绝伦。枝繁叶茂,攀缘力强。老干纠缠盘旋,花香浓郁,多栽培为园林观赏植物。花、根可入药。物语:培育经典,崇尚自然。

琉璃苣

若有岁月之灵敏，发人深省岂止春。
琉璃苣开无穷尽，夏秋纷纷来探亲。

琉璃苣。紫草科，琉璃苣属，一年生草本，株高0.6~1米。原产于东地中海以及小亚细亚，欧洲和北美广泛栽培，中国已经引种栽培。叶大，花梗淡红色，花星状，深蓝色，自带浓郁香味。全身是宝，是集食用、药用、观赏等多种功能于一身的特色多用芳香植物。可作蜜源植物。鲜叶在欧洲作为蔬菜食用。物语：娇艳美眉，十全十美。

柳兰

夏风吹得花满头，柳兰执念信天流。
呼唤红颜来高就，壮观景色说还休。

柳兰，别名：铁筷子、火烧兰、糯芋。柳叶菜科，柳叶菜属，多年生粗壮草本。产于中国黑龙江、吉林、内蒙古、宁夏、青海、新疆等地。花期6—9月，果期8—10月。植株健壮，直立丛生，茎秆绿叶错落有致，上部簇拥盛开几十朵粉紫色小花，花蕊细长，色彩绚丽。嫩苗可食用。根状茎可入药，有消炎止痛等功效。物语：夏日闲情，起舞助兴。

柳叶菜

无约而至更迭时，满园秋色恰东西。
风弦不忍弹禁地，摘片彩云寄故知。

　　柳叶菜，别名：水丁香、水朝阳花、鸡脚参、地母怀胎草。柳叶菜科，柳叶菜属，多年生粗壮草本。广布于中国温带与热带省区。花期6—8月，果期7—9月。茎多分枝，花直立，花梗细长，苞片叶状，花瓣玫红色、粉红或紫红色，优雅美丽。嫩苗、嫩叶可作蔬食。根和全草入药，有消炎止痛，活血止血等功效。物语：万千风景，惟爱此境。

六倍利

荷锄明月初上弦,凝神注视半边莲。
被人赞得紫了面,天外自此夜不眠。

六倍利,别名:翠蝶花、花半边莲、山梗菜、半边莲。桔梗科,半边莲属,一年生或多年生草本。原产于南非,中国已广泛栽培。花期4—6月。株型有高、矮及圆整、垂枝、重瓣等。花色有白、青、玫瑰红、桃红、紫等。开花时,整株散开,形成圆球状,远远看起来,就像一个色彩绚丽的大花球,优雅美丽。全草入药。物语:烟火人间,与花结缘。

六出花

此起彼伏春云集,雪片叠加踏青时。
六出花开盛夏地,岁月如梭不由己。

　　六出花,别名:智利百合、秘鲁百合、水仙百合。百合科,六出花属,多年生宿根草本,高约1米。原产于南美洲的智利、巴西、秘鲁等国家,现世界各地已经广泛栽培。植株美观大方,花朵像杜鹃又似水仙,茎和叶子如同百合。盛开时,花形优雅,颜色鲜艳,丰姿绰约,花瓣闪烁独特斑纹,极具观赏价值。物语:春意人生,无限风景。

六月雪

与众不同时尚园，种出六月雪花天。
虚拟云海寻常见，收回风流难上难。

六月雪，别名：白马骨、路边金、满天星、野千年矮、野丁香。茜草科，白马骨属，小灌木，高0.6~0.9米。产于中国江苏、安徽、福建、广东等地。花期5—7月。枝叶稀疏，叶革质，花单生或簇生于枝顶或腋生。花冠淡红色或白色，点缀于枝头，美若天仙。适合制作盆景，枝条极为别致，文雅俊秀。根、茎、叶可入药。物语：美艳胜雪，不忍远别。

龙船花

入夜思量花前约，红云绿水细斟酌。
明日打捞湖光色，别让美艳惊蝴蝶。

龙船花，别名：卖子木、红绣球、山丹、红缨花、百日红、英丹。茜草科，龙船花属，灌木。原产于中国、缅甸和马来西亚，中国南部普遍栽种，菲律宾、马来西亚等热带地区有分布。花期春夏秋。多用于美化园林和街道。植株丛生，细致的叶子碧绿色，枝头盛开一簇簇红色或橙红色小花，花团锦簇，鲜艳夺目。根、茎、花可供药用。物语：梦在花间，流连忘返。

龙胆

忽然一道紫云霞,聚沙成为龙胆花。
植物化石名气大,地球之上称专家。

龙胆,别名:龙胆草、胆草、山龙胆、草龙胆。龙胆科,龙胆属,多年生草本。产于中国多地,俄罗斯、日本、朝鲜有分布。花果期5—11月。中国栽培历史悠久。被植物学家誉为"植物活化石"。植株不高,根茎平卧或直立,叶子碧绿色,花枝直立单生,开海蓝色或蓝紫色筒状喇叭形花,极为美丽动人。根和根茎可入药。物语:嫣红开遍,独美海蓝。

龙面花

皎洁雪云已去远,另抹亮色到春天。
西风半醉别埋怨,龙面花香来拍肩。

龙面花,别名:艾米西。玄参科,龙面花属,二年生草本。原产于南非,中国引种栽培。花期4—6月。开花时,爆炸似的开得满盆都是花。花朵形态奇特,极为优雅。白色花瓣从花蕊部分晕染黄色;粉紫色花瓣晕染淡黄色;橙黄色花瓣晕染橘红色;蓝紫色花瓣晕染白色。大自然真是太过奇妙了,每一种色彩的搭配都恰到好处。物语:美若饱满,天地皆欢。

龙吐珠

波中绿叶恋空枝，欲归故里开花迟。
西风不知春惯例，搅得明月长相思。

龙吐珠，别名：九龙吐珠、白萼贞桐、红花龙吐珠。马鞭草科，大青属，攀缘灌木。原产于非洲西部和墨西哥，中国引进栽培。花期3—5月。植株强势健壮，绿叶茂密，花形独特。洁白如雪的萼片，轻轻含住红色小花，似放不放，状如吐珠。长长的花蕊恰似龙须，自由如风延伸开去。全株大部分可入药。物语：可爱趣致，鲜活动力。

龙牙草

天凉风雨洗春秋,洗去心中无尽忧。
仙鹤草花开枝头,开得金银满山流。

　　龙牙草,别名:仙鹤草、瓜香草、施州龙芽草、毛脚茵、顶龙芽、仙鹤草、路边黄、地仙草。蔷薇科,龙牙草属,多年生草本。产于中国南北各地区,欧洲中部、俄罗斯、日本等地均有分布。花果期5—12月。植株健壮,叶子嫩绿色,小花黄色,由下至上开成硕大花穗状,优雅美丽。全草、根及冬芽均为重要药材。物语:约定俗成,花得威名。

龙牙花

风光照耀最高峰,四面青山有回声。
龙牙花开上天穹,美了月亮美星星。

龙牙花,别名:象牙红、珊瑚树、珊瑚刺桐。豆科,刺桐属,灌木或小乔木,高3~5米。原产于南美洲,中国广州、桂林、西双版纳等地有栽培。绿叶扶疏,初夏开花时,深红色的花朵,好似一大串红色月牙环绕枝头。绚丽多姿,别致奇特,美不胜收,适用于公园和庭院栽植。树皮药用,有麻醉、镇静作用。物语:山水如画,月牙应答。

耧斗菜

不离不弃问风雨，何时约见不离谱。
形如飞燕美似玉，耧斗花开早有主。

　　耧斗菜，别名：漏斗菜、绿花耧斗菜、血见愁。毛茛科，耧斗菜属，多年生草本。原产于欧洲和北美，世界多地已经广泛栽培。花期5—7月，果期7—8月。为优良庭园花卉，叶子翠绿色。花形奇特雅致，巧夺天工，令人惊艳。耧斗花品种很多，色彩丰富，适于布置花坛、花径等，花枝可供切花。全草及种子有毒。物语：超然物外，逍遥自在。

绿萝

花开春山香更香,细藤缠绕强中强。
绿萝斜挂月亮上,洒向人间无穷光。

绿萝,别名:黄金葛、黄金藤、魔鬼藤。天南星科,麒麟叶属,藤本。原产于印度尼西亚、所罗门群岛的热带雨林,中国引进栽培。生命力极强,可以广植于园林墙体,绿意盎然,壮观美丽。室内的大型盆栽多把绿萝缠绕于棕柱之上,焕发勃勃生机。可吸收室内空气中的苯、三氯乙烯、甲醛等,具有净化空气的功能。汁液有小毒。物语:守望幸福,平添情趣。

马 蔺

海天携手驾风起，马兰花长千万里。
神草固沙有意义，大地视其为知己。

马蔺，别名：马兰花、兰花草、马帚、马莲、蠡实。鸢尾科，鸢尾属，多年生密丛草本。产于中国、俄罗斯、印度等国家。花期5—6月，果期6—9月。绿叶如韭，花朵如兰，细长花瓣散成星状，花药黄色，是野草花中最漂亮的花。既是重要蜜源植物，又是不可或缺的固土植物，而且全身是宝，根、叶、花、种子均可入药。物语：淡淡风来，悠悠花开。

马蹄莲

挺拔撑起不夜天，白云裁出马蹄莲。
撩人春色忽不见，只有心动在眼前。

马蹄莲，别名：慈菇花、海芋百合、观音莲。天南星科，马蹄莲属，多年生粗壮草本。原产于非洲东北部及南部，中国引进栽培观赏。叶片肥大翠绿，微卷或舒展都好看。花片洁白如玉，丰厚饱满，卷成马蹄形状，因此得名马蹄莲。肉穗花序黄色，宛如小擎天柱，隽永可爱。是花卉市场上的重要切花。有小毒。物语：独自绽放，美妙时光。

马缨丹

约齐五色画美妆，偏遇迷彩不开张。
好比红土泛绿浪，故意与花捉迷藏。

马缨丹，别名：五色梅、七变花、如意草、五彩花、五色椒、臭草。马鞭草科，马缨丹属，直立或蔓性灌木，有时藤状，高1~2米。原产于美洲热带地区，中国台湾、福建、广东、广西见有逸生。全年开花。叶子碧绿，盛开时娇容三变，由浅变深，明丽娇艳。因依开放顺序，在一簇花上花色有所变化，故名五色梅。物语：花开多色，壮观热烈。

蔓马缨丹

春来秋往入诗笺，蔓马缨丹开全年。
风不经意花灿烂，竟可盘根数九天。

　　蔓马缨丹，别名：紫花马缨丹、小叶马缨丹。马鞭草科，马缨丹属，多年生攀缘灌木。原产于南美洲，现世界各地已经广泛引种栽培。花期全年。生命力旺盛，适应力强。枝叶碧绿色，开簇生粉紫色或紫色小花，花团锦簇。蔓马缨丹和马缨丹的不同之处是前者花朵始终保持一个颜色，后者绽放后花色会不断变化。物语：明月清风，春意永恒。

毛地黄

弦上离歌不忍听，园林恰是初进城。
毛地黄花又变动，当下已在阳台中。

　　毛地黄，别名：洋地黄、自由钟、地钟花、紫花毛地黄、德国金钟。玄参科，毛地黄属，一年生或多年生草本，高0.6~1.2米。原产于欧洲，中国有栽培。花期5—6月。植株直立，除花冠外，全株覆盖白色短柔毛和腺毛。钟形花朵悬垂于茎端，由下至上渐次开放，状似宝塔，华丽无比。叶可药用，有强心之效。物语：日渐进步，神韵十足。

毛叶木瓜

铺翠捻金雪卷云，枝头颤动太阳心。
缤纷接近再接近，海棠花落地球村。

    毛叶木瓜，别名：木瓜海棠、木桃。蔷薇科，木瓜属，落叶灌木或小乔木，高2~6米。产于中国陕西、甘肃、江西等地。花期3—5月，果期9—10月。枝条直立，有短枝刺，花先于叶开放。细梗上簇生花骨朵透着胭脂红，花朵则白色里透着红色。正是满树皆落胭脂雪，更有流翠叶衬托。果实入药，可作木瓜的代用品。物语：绿萼红蕾，点亮星辉。

玫瑰

新水不煮旧时光,含情之花冲天长。
千古为此有绝唱,赠人玫瑰手余香。

　　玫瑰,别名:徘徊花、刺玫花。蔷薇科,蔷薇属,直立灌木。堪称地球上最古老的蔷薇属植物,原产于中国华北及日本和朝鲜,现世界各地已经广泛栽培。花期5—6月,果期8—9月。枝干粗壮,有皮刺和刺毛,花大而优雅,风姿绰约,芳香宜人。鲜花可蒸制芳香油,供食用及化妆品用。初开的花朵和根可入药。物语:折瑰带露,花香持久。

玫瑰茄

风恋白云花恋春,秋波无限何处寻。
洛神不知情已尽,独将鲜红染更深。

　　玫瑰茄,别名:洛神花、山茄、苏丹红、洛神。锦葵科,木槿属,一年生直立草本,高达2米。原产于东半球热带,中国福建、广东、云南南部等地引入栽培。花期夏秋季之间。花形特别,花萼杯状,5裂片,三角状渐尖形,花黄色,内面基部深红色。花萼与小苞片肉质,味酸,可作果酱。根、种子可入药。物语:稳重矜持,素颜布衣。

梅花

梅与风雪相扶持，总将生活过成诗。
横山沉淀春魅力，花香浸透量天尺。

梅花，别名：春梅、干枝梅、酸梅。蔷薇科，杏属，小乔木，稀灌木。原产于中国南方，已有三千多年的栽培历史。花期冬春季，果期5—6月。分为观赏梅和果梅两大类。花先于叶开放，花瓣白色至粉红色，气味清香。梅花为每年百花开放之首，有凌霜傲雪之美。鲜花可提取香精，花、叶、根、种仁均可入药。物语：梅花精神，千古风韵。

物语集

花卉类

H

红花玉蕊	物语：美若轻烟，太阳眷恋。
红蕉	物语：极端魅力，捍卫自己。
红球姜	物语：万紫千红，蔚然成风。
红尾铁苋	物语：问遍岁月，随缘最火。
胡枝子	物语：开花之际，怎忍采食。
葫芦	物语：曼妙短暂，醉了流年。
蝴蝶兰	物语：大方美观，花颜可炫。
虎眼万年青	物语：值得拥有，万事不愁。
花菱草	物语：快活神苑，生存简单。
花毛茛	物语：花容妩媚，舍我其谁。
花烛	物语：任性招展，与火无缘。
华凤仙	物语：花开拂尘，天生勤奋。
黄菖蒲	物语：美无同类，水中富贵。
黄栌	物语：树中之宝，叶比花好。
黄山梅	物语：生命秘密，握在手里。
黄水仙	物语：妆扮寒天，任重道远。
火鹤花	物语：众生普渡，再无疾苦。
火炬花	物语：生机盎然，流连忘返。
火炬姜	物语：风流美事，天知地知。
火烧花	物语：早春再生，花开尽兴。
火焰树	物语：天地给予，无忧无虑。
藿香	物语：芳草神态，细看不赖。
藿香叶绿绒蒿	物语：顾盼生辉，无酒而醉。

J

鸡蛋花	物语：雅中极品，直击芳心。
鸡冠花	物语：秋风萧瑟，我独热烈。
鸡树条	物语：优良品种，物尽其用。

吉贝	物语：豪情开春，壮志入云。
吉祥草	物语：真情付出，吉祥有余。
蕺菜	物语：走过千年，此心不变。
夹竹桃	物语：云坠花缘，美至天边。
嘉兰	物语：曼妙短暂，醉了容颜。
荚蒾	物语：倾情付出，义无反顾。
假连翘	物语：有枝有蔓，著而不染。
假龙头花	物语：如约而至，寻常日子。
剪秋罗	物语：明月有心，圆满风韵。
箭叶秋葵	物语：随风而静，幸福终生。
江梅	物语：千年花神，历久弥新。
姜荷花	物语：走进花季，爱惜自己。
姜花	物语：情有独钟，与爱同行。
接骨木	物语：雪花碧海，夏天最爱。
结香	物语：飞天比翼，落地连理。
金苞花	物语：日光潋滟，明月相伴。
金凤花	物语：缥缈迷离，摇曳多姿。
金兰	物语：寓意美好，金兰之交。
金露梅	物语：叶茂花繁，夏日奉献。
金钮扣	物语：白日月圆，亦真亦幻。
金丝桃	物语：贡献惊人，价比黄金。
金樱子	物语：逸生珍品，深得人心。
金盏花	物语：风月长情，共存同生。
金钟花	物语：花若尽兴，便是风景。
锦带花	物语：白云起处，花红叶绿。
锦鸡儿	物语：积聚力量，蓬勃向上。
锦葵	物语：紫气东来，富贵花开。
九里香	物语：月光流泻，香从天落。
韭莲	物语：花海如春，恰如其分。

桔梗	物语：爱之合约，永恒之作。
菊花	物语：花中上品，独具神韵。
绢毛山梅花	物语：追求平淡，精彩出线。
决明	物语：季节更换，静美无言。
君子兰	物语：炫中求静，君子之风。

K

康乃馨	物语：反哺之作，赋予圣洁。
孔雀草	物语：兴高采烈，开心活泼。
款冬	物语：浅吟低唱，丰富想象。

L

蜡瓣花	物语：想得铺张，美得荡漾。
蜡梅	物语：真香清绝，傲视霜雪。
蜡菊	物语：张开望眼，绚丽满天。
兰香草	物语：确认眼神，永结同心。
蓝刺头	物语：盛开家园，无须遗憾。
蓝花楹	物语：天解倒悬，蓝紫浪漫。
蓝星花	物语：珍惜友情，品行端正。
蓝雪花	物语：凉意佳作，花姿婉约。
蓝烟小星辰花	物语：流星如雨，花香千树。
蓝钟花	物语：深海之恋，抱香成团。
梨花	物语：思绪纷飞，梨花明媚。
李花	物语：素颜美人，无意争春。
丽格秋海棠	物语：友爱之花，绽放荣华。
连翘	物语：金花冉冉，前程灿烂。
莲	物语：翠波红韵，白玉销魂。
铃兰	物语：雪之雅致，成就绚丽。
凌霄	物语：培育经典，崇尚自然。
琉璃苣	物语：娇艳美眉，十全十美。
柳兰	物语：夏日闲情，起舞助兴。

柳叶菜	物语：万千风景，惟爱此境。
六倍利	物语：烟火人间，与花结缘。
六出花	物语：春意人生，无限风景。
六月雪	物语：美艳胜雪，不忍远别。
龙船花	物语：梦在花间，流连忘返。
龙胆	物语：嫣红开遍，独美海蓝。
龙面花	物语：美若饱满，天地皆欢。
龙吐珠	物语：可爱趣致，鲜活动力。
龙牙草	物语：约定俗成，花得威名。
龙牙花	物语：山水如画，月牙应答。
耧斗菜	物语：超然物外，逍遥自在。
绿萝	物语：守望幸福，平添情趣。

M

马蔺	物语：淡淡风来，悠悠花开。
马蹄莲	物语：独自绽放，美妙时光。
马缨丹	物语：花开多色，壮观热烈。
蔓马缨丹	物语：明月清风，春意永恒。
毛地黄	物语：日渐进步，神韵十足。
毛叶木瓜	物语：绿萼红蕾，点亮星辉。
玫瑰	物语：折瑰带露，花香持久。
玫瑰茄	物语：稳重矜持，素颜布衣。
梅花	物语：梅花精神，千古风韵。